作者简介

汉娜·约翰森（Hanna Johansen）

德语世界家喻户晓的儿童文学家。1939 年生于德国不来梅，在马尔堡和哥廷根攻读德国文学、古典哲学和教育学，现定居于邻近瑞士苏黎世的吉锡贝格。1983 年起开始创作儿童故事，作品因蕴藏人生哲理，屡获“瑞士最美丽图画书奖”“瑞士青少年文学奖”“奥地利儿童书奖”“博洛尼亚国际儿童书展最佳选书”等大奖，被译成十多种语言发行。

绘者简介

凯蒂·班德（Käthi Bhend）

1942 年生于德国奥尔腾。在艺术学校学习版画、绘画和平面设计，毕业后先后在瑞士洛桑与法国巴黎的广告公司工作。在赢得“苏黎世教材插图竞赛奖”后，开始插画家生涯。她的作品以细致优雅、富有想象力著称。她和汉娜·约翰森合作的童书非常受欢迎，曾获得“瑞士最美丽图画书奖”“博洛尼亚国际儿童书展最佳选书”和“莱比锡国际图画书金牌奖”。

想生金蛋的母鸡

凯蒂·班德 图

汉娜·约翰森 著　　刘鑫 译

想生金蛋的母鸡

好久好久以前——

有个养鸡场，

那儿有一间好大好大的鸡舍，

里边住着三千三百三十三只母鸡。

5

鸡舍里边很糟糕！

鸡粪和饲料的味道，让整座养鸡场臭气熏天，

地上也挤得不得了，

每只鸡都刚好只能站下脚，想转个身也办不到。

三千三百三十三只母鸡

过得可真不好！

大多数母鸡都有咳嗽的毛病，

鸡毛还到处掉。

因为只要她们被谁踩到了脚，

就一定会狠狠扬起嘴，

啄得大家叫的叫，跳的跳。

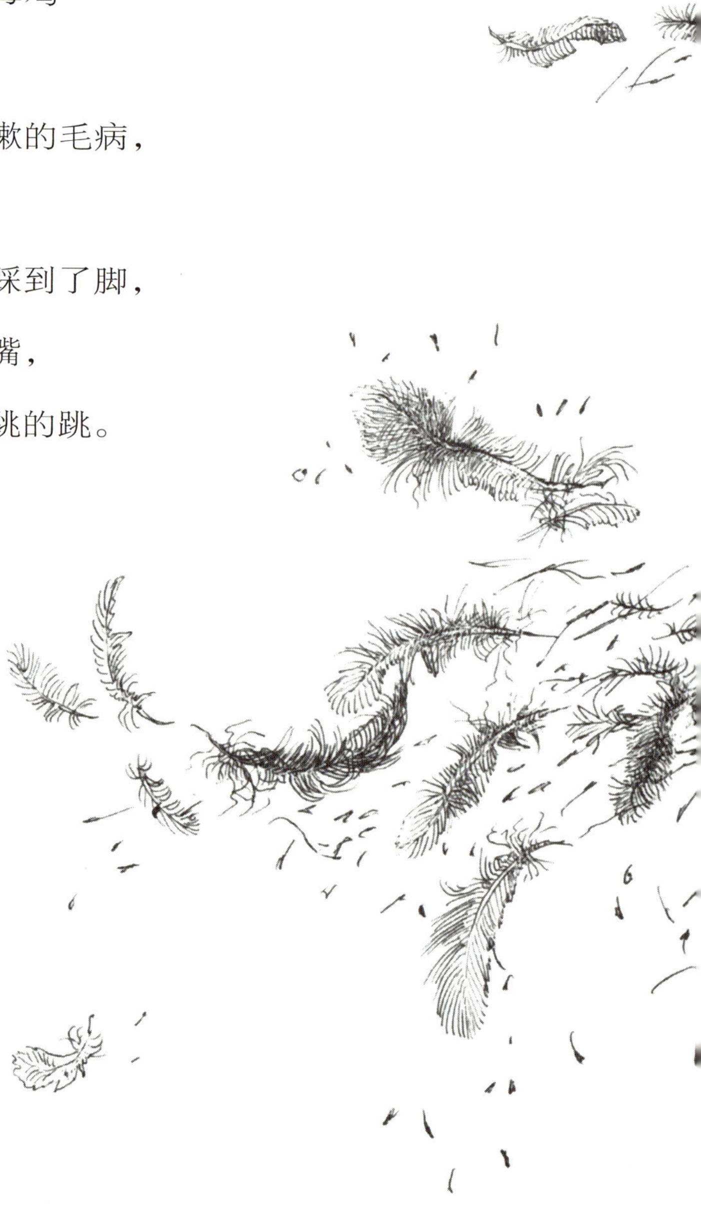

她们每天都会生一个蛋。

只要有谁生了蛋，

就会得意地咯咯叫，

让其他鸡都知道：“瞧！我生蛋了！”

鸡场主每天都会来捡鸡蛋，

不多也不少，恰好是

三千三百三十三个蛋。

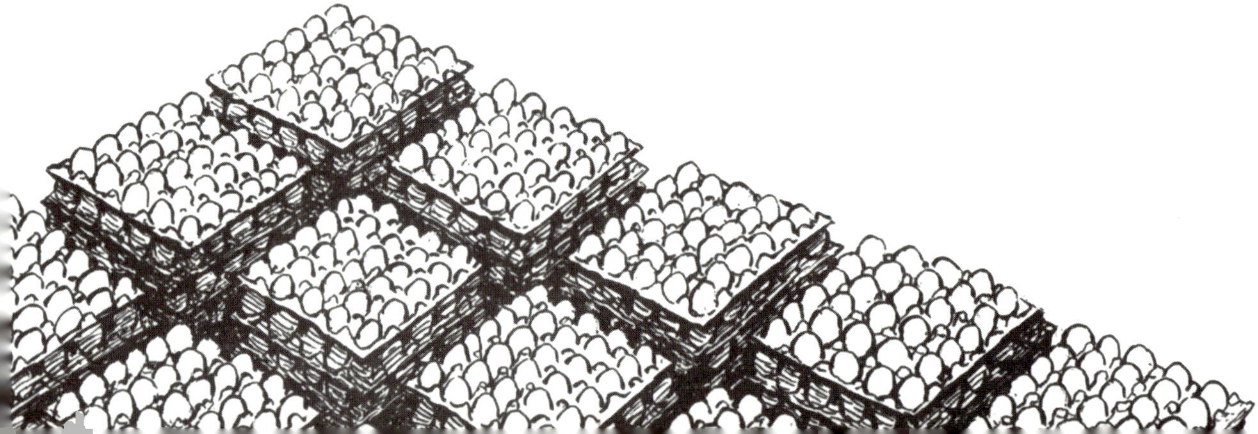

有一只小母鸡，

年纪还很小，还生不了蛋。

但是，小母鸡很有志气，

她说：

“等到我长大，我要生金蛋！”

“哈哈哈哈哈，”大母鸡们咯咯地大笑，

“母鸡生金蛋？”

她们笑得停不了，又是咳嗽咳翻天。

13

小母鸡还小，

离生蛋的日子还早。

她说：

“但是，我首先要学唱歌！”

“鸡，是不可能会唱歌的！

反正做不到，何必白费劲！”

大母鸡们说。

“不怕！总要试试才知道！”

小母鸡说。

小母鸡在鸡舍中不停地找啊找，

最后找到了一个破墙角。

在那儿，她可以用嘴啄，用爪子刨。

她不停地啄啊啄，刨啊刨，

居然挖出了一个洞。

洞很小，

但是，当她用一只眼睛往外瞧，

她惊奇地发现，

原来外面是绿色的新天地！

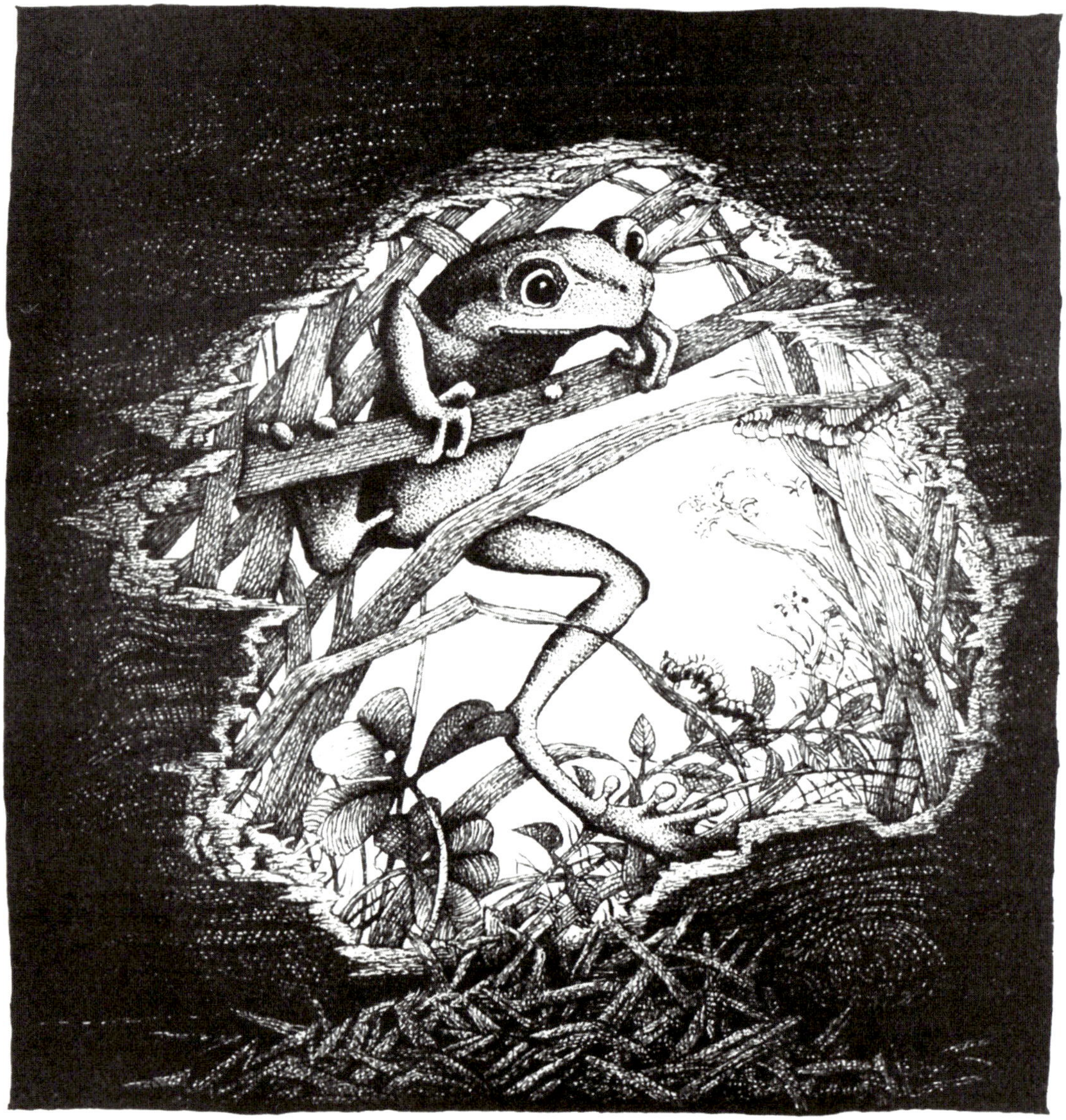

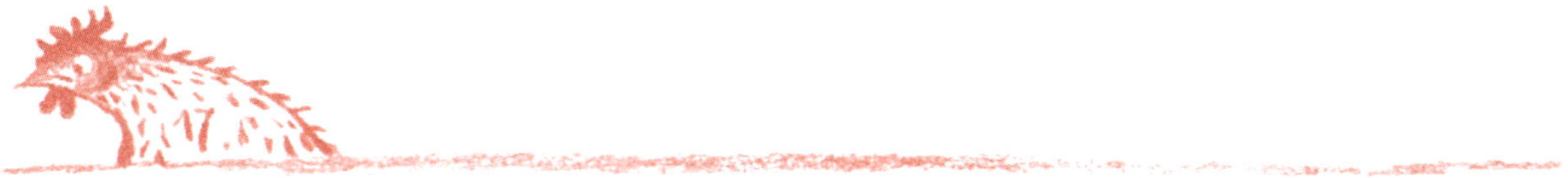

小母鸡

从没看见过绿色的东西。

鸡舍里的色彩太单调了，

不是红就是棕，不是黄就是灰，

到了晚上，又变成了漆黑一片。

小母鸡起劲儿地啄啊啄，刨啊刨，

洞口一天比一天大起来。

终于有一天

她整个儿钻了出去！

只有她能做得到，因为她是那么小。

外面的世界好舒服，

跟鸡舍里完全不一样！

小母鸡大口呼吸新鲜空气，

她终于远离了鸡粪和饲料的臭味道。

当她慢慢适应了外面的阳光，

她发现，

外面不仅有绿色的草木，

还有无垠的蓝天。

20

小母鸡来到了一片麦地，

在这儿，她自由自在地

跑来跑去，

啄来啄去，

一会儿尽情地刨，

一会儿高声地叫。

直到天黑，

她才从小洞钻回鸡舍，

回到三千三百三十三只母鸡身边。

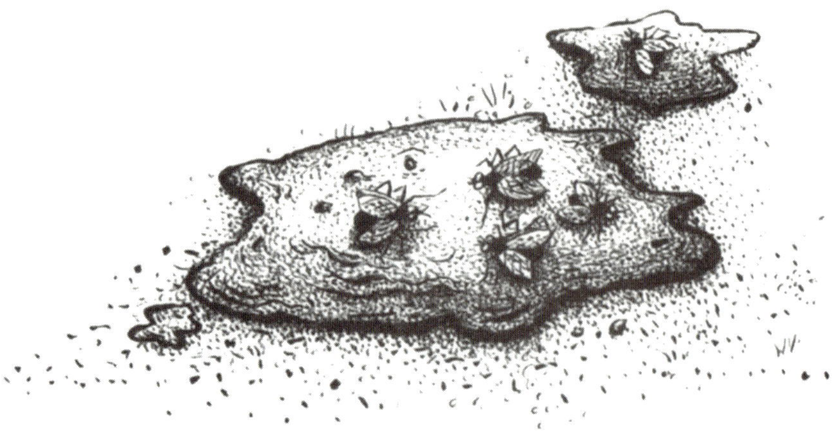

每一天，小母鸡都把洞口挖得更大一点。

每一天，她都会钻到外面去，

来到麦地里，开始学唱歌。

小母鸡咯咯地叫啊叫，终于有一天，她说：

“我练习得够多了。

现在，我学会唱歌了！”

“那也能叫唱歌吗？”

大母鸡们很吃惊。

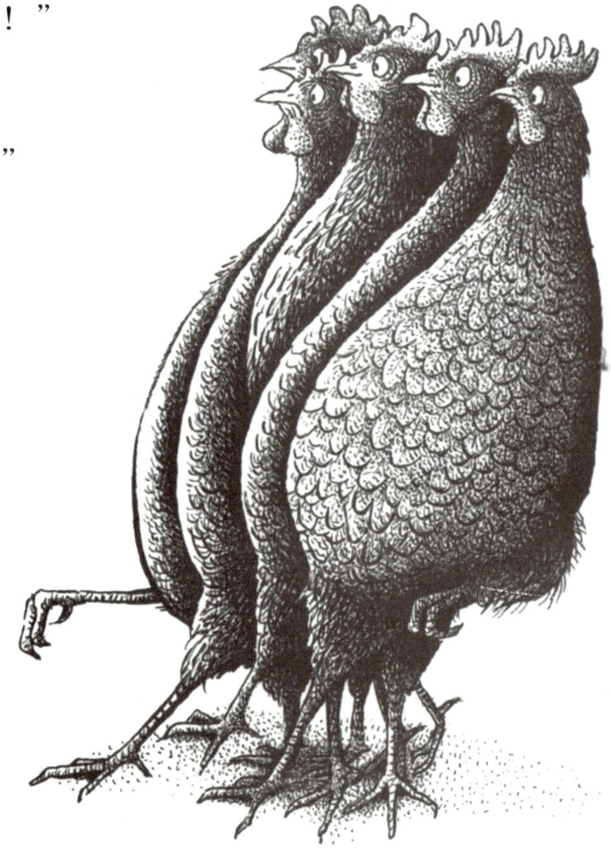

就在这一天，

洞口已经变大到

连大母鸡也能钻出去了。

于是三千三百三十三只母鸡

都争先恐后地往外挤，她们一只接一只，

最后全都钻了出去。

她们来到麦地里

无比快活地东奔西跑，

又啄又刨，

还兴奋得咯咯叫！

“天哪，怎么乱成了这样子？”

鸡场主大叫，

“母鸡怎么跑到了麦地里！”

这可是三千三百三十三只母鸡呀。

鸡场主立刻派出工人

要把她们全都抓起来。

但是母鸡东奔西跑，上蹿下跳，

工人们花了整整一天，

才把她们重新关回了鸡舍里。

母鸡们

闻着鸡舍里的臭味道，

又回到了咳嗽咳翻天、

鸡毛到处掉的日子。

只有小母鸡不咳嗽。

但是，角落里的洞被堵了起来。

小母鸡又说话了：

“等到我长大，我要生金蛋！”

“哈哈哈哈哈！”

大母鸡们笑得咳嗽咳翻天。

“但是，我首先要学游泳！”

小母鸡说。

“鸡，是学不会游泳的。

何必白费劲！”

大母鸡们说。

“不怕！总要试试才知道！”

小母鸡说。

然后她又回到墙角落，

不停地啄啊啄，刨啊刨，

把洞口又给挖开了。

她钻了出去，

跑过麦地，

来到了鸭子游泳的池塘边！

只有她能做得到，因为她是那么小。

她大口呼吸着新鲜的空气，

在新翻的土地上又啄又刨，

还吞饮起清澈的池水。

每一天，

她都会把爪子伸到池塘里边去。

“那也能叫游泳吗？”

大母鸡们说。

“水太凉了，

我的肚子受不了。”

小母鸡说。

有一天，

洞口又变大到

连大母鸡也能钻出去了。

三千三百三十三只母鸡

全都跑到了麦地里，

来到了池塘边，

又啄又刨，

快活地咯咯叫。

“简直是太过分了！”

鸡场主捂着脸大声喊。

这可是三千三百

三十三只母鸡呀。

鸡场主立刻派出了工人

想把她们全都抓起来，

但是母鸡东奔西跑，上蹿下跳，

工人们花了整整一天，

才把她们重新关回了鸡舍里。

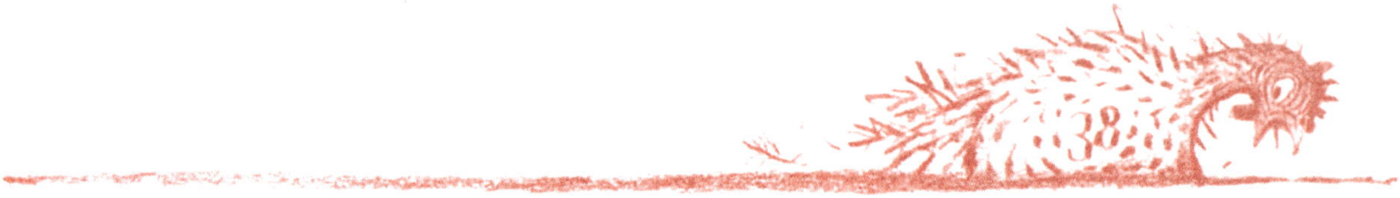

母鸡们

闻着鸡舍里的臭味道，

又回到了咳嗽咳翻天、

鸡毛到处掉的日子。

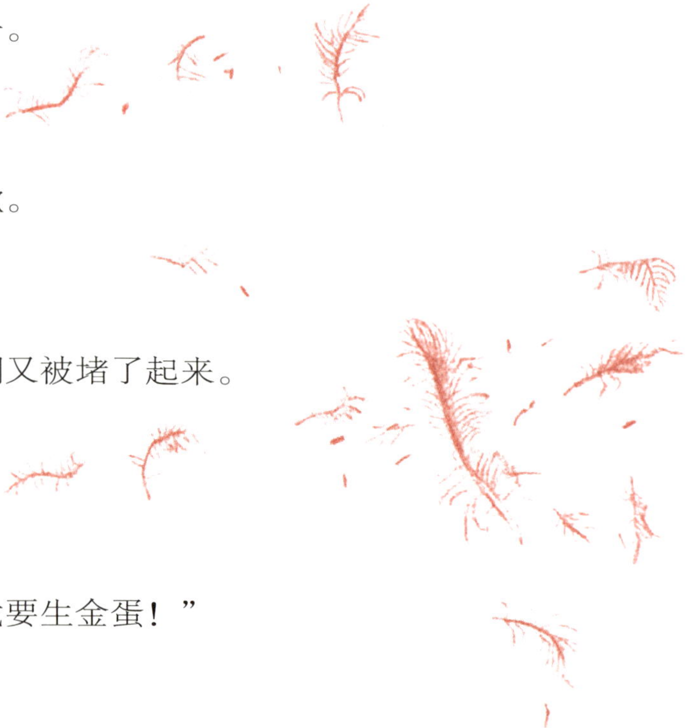

只有小母鸡不咳嗽。

但是，角落里的洞又被堵了起来。

小母鸡又说话了：

“等到我长大，我要生金蛋！”

“哈哈哈哈哈！”

大母鸡们笑得咳嗽咳翻天。

“但是但是呀，我首先要学会飞！”

小母鸡说。

“鸡，是不可能会飞的！

何必白费劲！”

大母鸡们说。

“不怕！总要试试才知道！”

小母鸡说。

小母鸡又不停地啄啊啄，刨啊刨，

把洞口又给挖开了。

她钻了出去，

跑过麦地，绕过池塘，

跳到了一座稻草堆上！

只有她能做得到，因为她是那么小。

她大口呼吸着新鲜的空气，

在新翻的土地上又啄又刨，

还吞饮起清澈的池水。

每一天，小母鸡都跳到稻草堆上

使劲拍动翅膀，奋力跃向天空，

越远越好。

“那也能叫飞吗？”大母鸡们说。

终于有一天，

洞口又变大到

所有的母鸡都能钻出去了。

小母鸡咯咯地叫唤，

领着三千三百三十三只母鸡

来到了外面的世界，

跑过麦地，

绕过池塘，

跳到了稻草堆上。

真是好一个盛大的节日啊！

当鸡场主

又一次派出工人

想把母鸡都抓起来时，

工人们却愁眉苦脸了。

因为母鸡跑得太快了，

她们不仅东奔西跑，上蹿下跳，

还总是可以找到藏身的好地方。

一直折腾到傍晚，工人们只好说：

“今天没办法抓完了。

明天接着抓吧。”

到了第二天，

也没什么两样。

到了第三天，还是抓不完。

于是在第三天的傍晚，

工人们对鸡场主说：

“这可是整整三千三百

三十三只母鸡。

只要她们不肯自己回鸡舍，

就完全不可能把她们全部抓起来了。”

“真是倒霉透顶啊！”

鸡场主大叫，

“这样我们就不能够卖鸡蛋了！”

“不，也不是倒霉透顶。”

工人们说，

“我们只要在阳光下

给这三千三百三十三只母鸡

盖一个宽敞明亮的大鸡棚，

就一点问题也没有了！”

这样的一个大鸡棚真的盖起来了！

从此以后，

母鸡每天都可以来到阳光下，

自由自在地又啄又刨，

尽情地咯咯叫。

到了晚上，她们就蹲在

鸡棚中的栖息木上睡觉。

她们把蛋下到了新筑的鸡窝里。

鸡场主只要派工人把蛋收集起来就行了。

很快，母鸡们长出了新的羽毛，

没有一只母鸡

还会再咳嗽了。

小母鸡一天天长大了，

就跟其他母鸡一样大了。

终于有一天，

小母鸡

马上要生下自己的第一个蛋！

整整三千三百三十三只母鸡

充满好奇地等待着。

“今天我们倒是要瞧一瞧，

你到底会不会生一个金蛋？”

她们说。

小母鸡蹲在地上，用尽全身力气

要把她的第一个蛋生下来。

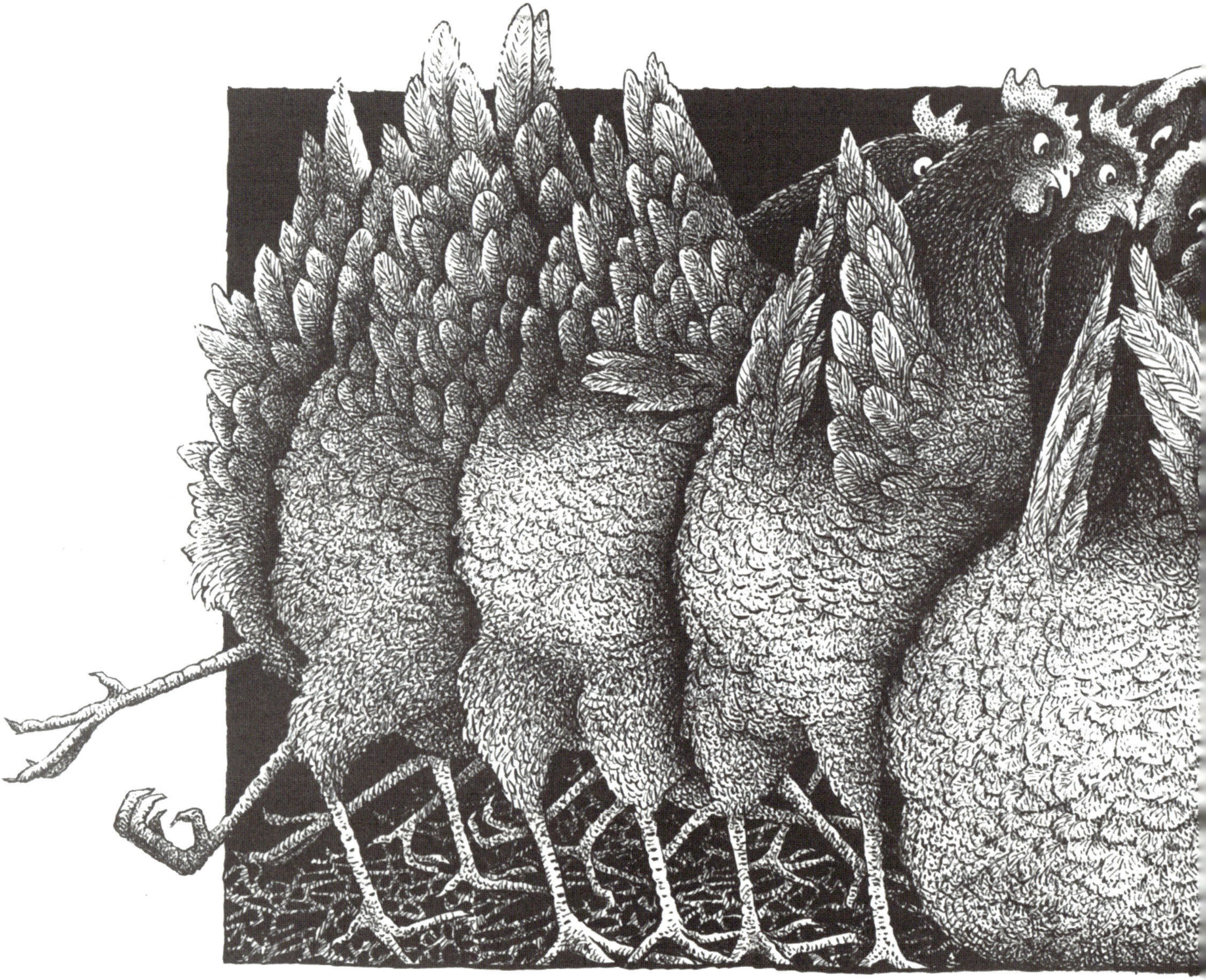

终于生下来了！原来那是一个好漂亮的……

滑溜溜的……圆乎乎的……亮堂堂的……

棕色的蛋！

“你总算看到了吧？”

大母鸡们说，

“根本不是金蛋！

母鸡怎么可能生金蛋呢？

早就让你不要白费劲吧！”

你猜小母鸡怎么回答？

小母鸡笑着扬起头，

对其他母鸡说：

“你们真的以为——母鸡可以生金蛋吗？”

VOM HÜHNCHEN, DAS GOLDENE EIER LEGEN WOLLTE
Text by Hanna Johansen
Illustrations by Käthi Bhend

著作权合同登记号桂图登字:20-2013-156 号

图书在版编目(CIP)数据

想生金蛋的母鸡/(瑞士)汉娜·约翰森 文;(瑞士)凯蒂·班德 图;刘鑫 译.—桂林:漓江出版社, 2014.8(2022.1 重印)
(汉娜·约翰森作品系列)
书名原文:Vom Hühnchen, das goldene Eier legen wollte
ISBN 978-7-5407-7116-4

Ⅰ.①想… Ⅱ.①汉… ②凯… ③刘… Ⅲ.①儿童文学－图画故事－德国－现代 Ⅳ.①I516.85

中国版本图书馆 CIP 数据核字(2014)第 116871 号

想生金蛋的母鸡(Xiang Sheng Jindan de Muji)

出 版 人:刘迪才
策划编辑:谢 阅
责任编辑:王 坤
装帧设计:李星星
责任监印:张 璐

漓江出版社有限公司出版发行
社址:广西桂林市南环路 22 号 邮政编码:541002
网址:http://www.lijiangbooks.com
发行电话:010-65699511 0773-2583322
传 真:010-85891290 0773-2582200
邮购热线:0773-2583322

三河市中晟雅豪印务有限公司印刷
(河北省三河市泃阳镇错桥村 邮政编码:065299)
开本:889mm×1 194mm 1/16
印张:4.5 字数:16 千字
版次:2014 年 8 月第 1 版
印次:2022 年 1 月第 10 次印刷
定价:35.00 元